식빵 고양이의 비밀

최봉수 글·그림

비채

글·그림 **최봉수**

서울대학교에서 시각디자인을 전공했다. 2006년 애니메이션 〈아기 펭귄이 우울증에 걸렸어요〉로 제2회 인디애니페스트 파노라마, 키아파특별상을 수상했다. 〈날개〉 〈귀여운 소녀〉 〈구ㅁ〉 〈식육〉 등의 애니메이션이 인디애니페스트와 클레르몽페랑 국제 디지털 비디오 아트 페스티벌 등 다수의 영화제에서 상영되었다. 2010년 투니랜드 웹툰 〈격돌! 사우르스 파이터〉를 연재하였고, 2010년부터 2016년까지 네이버 웹툰 〈스페이스 차이나드레스〉의 스토리 작가로 활동했다. 최근에는 상상의 공간 속에서 풍요로움과 느긋함을 즐기는 뚱냥이를 주로 그리고 있다.

트위터 @bskirei　**식빵뚱냥 트위터** @big_chubby_cat　**인스타그램** @bongsu_comics

차례

식빵 고양이의 비밀

식빵 공장에서 일하는 고양이는
해도 뜨지 않은 이른 새벽에 일어납니다.

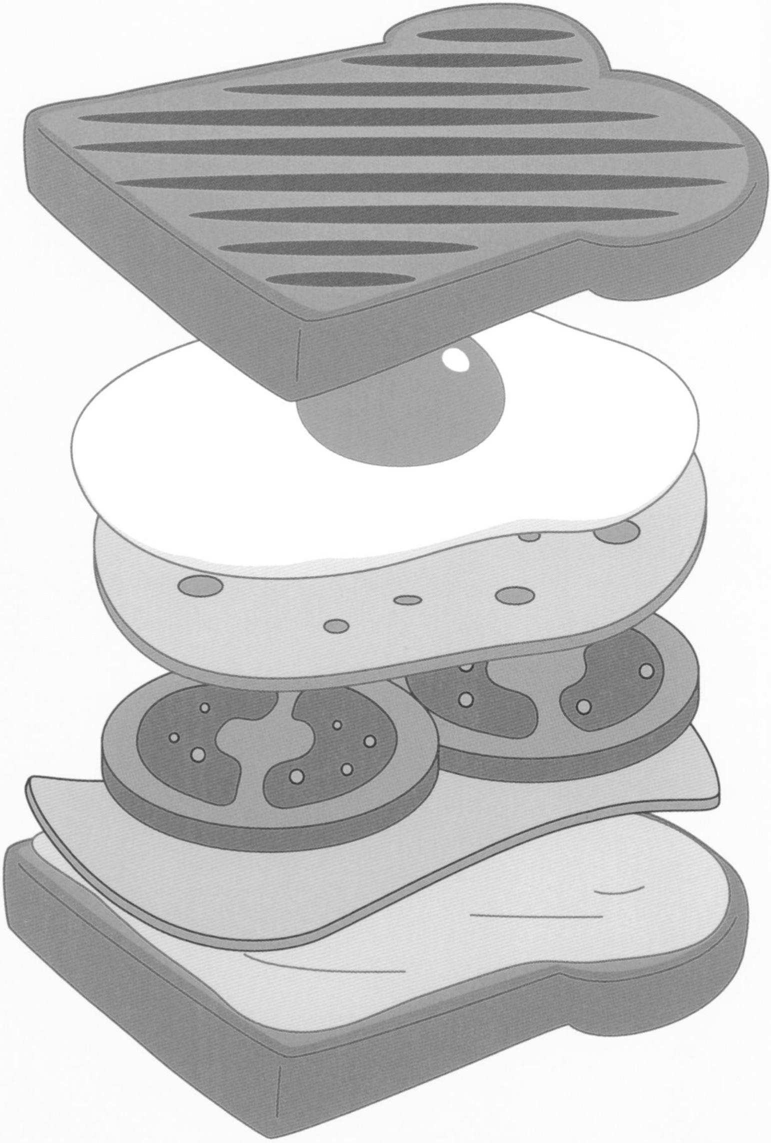

고양이들이 식빵 버스를 타고
식빵 공장으로 향합니다.

삑!

삐빅!
냐아앙!

식빵을 만들기 위한
기본 재료입니다.

갓 짠 신선한 우유와
그 우유로 만든 버터가
고양이들을 기다립니다.

특히 우유는 넉넉히
준비해야 합니다.
고양이 제빵사들이 오가며
다들 한 모금씩 마시거든요.

이것을 '꾹꾹이 반죽'이라고 불렀죠.

고양이들이 각자 맡은 자리에
서자 거대한 식빵 기계가
돌아가기 시작합니다.

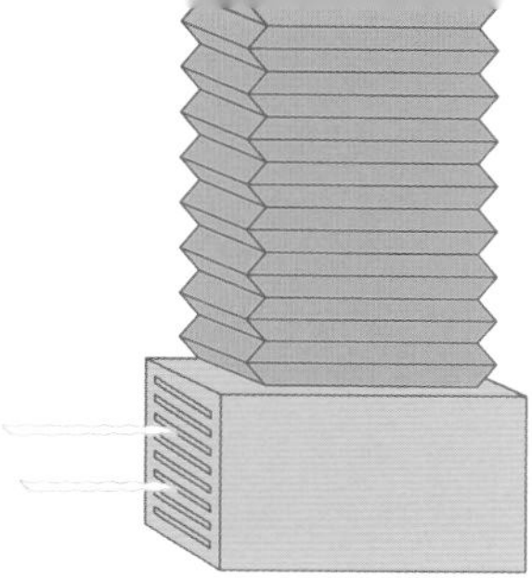

효모가 섞인 밀가루와 신선한 계란,
깨끗한 물, 천연 소금 등 재료를 기계에 넣습니다.

잘 섞인 식빵 반죽이
오븐에 들어가 발효됩니다.

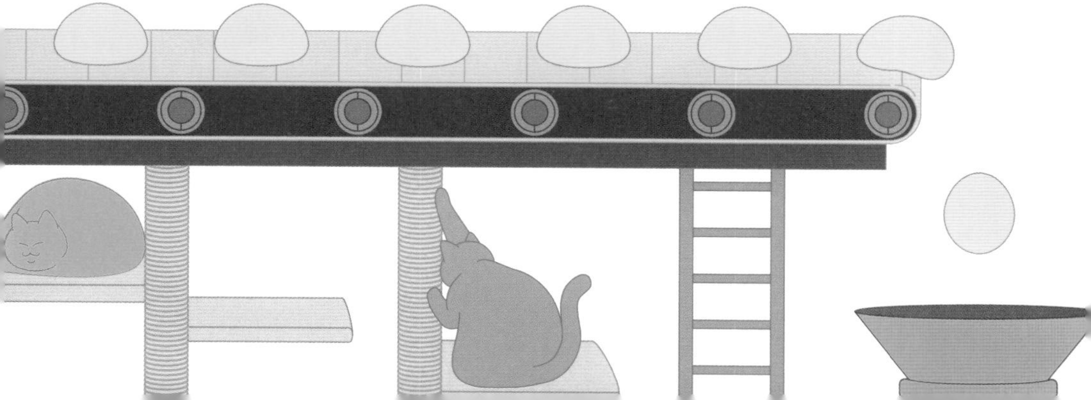

발효에는 시간이 걸립니다.
따뜻한 오븐 곁에서
고양이들이 낮잠을 잡니다.

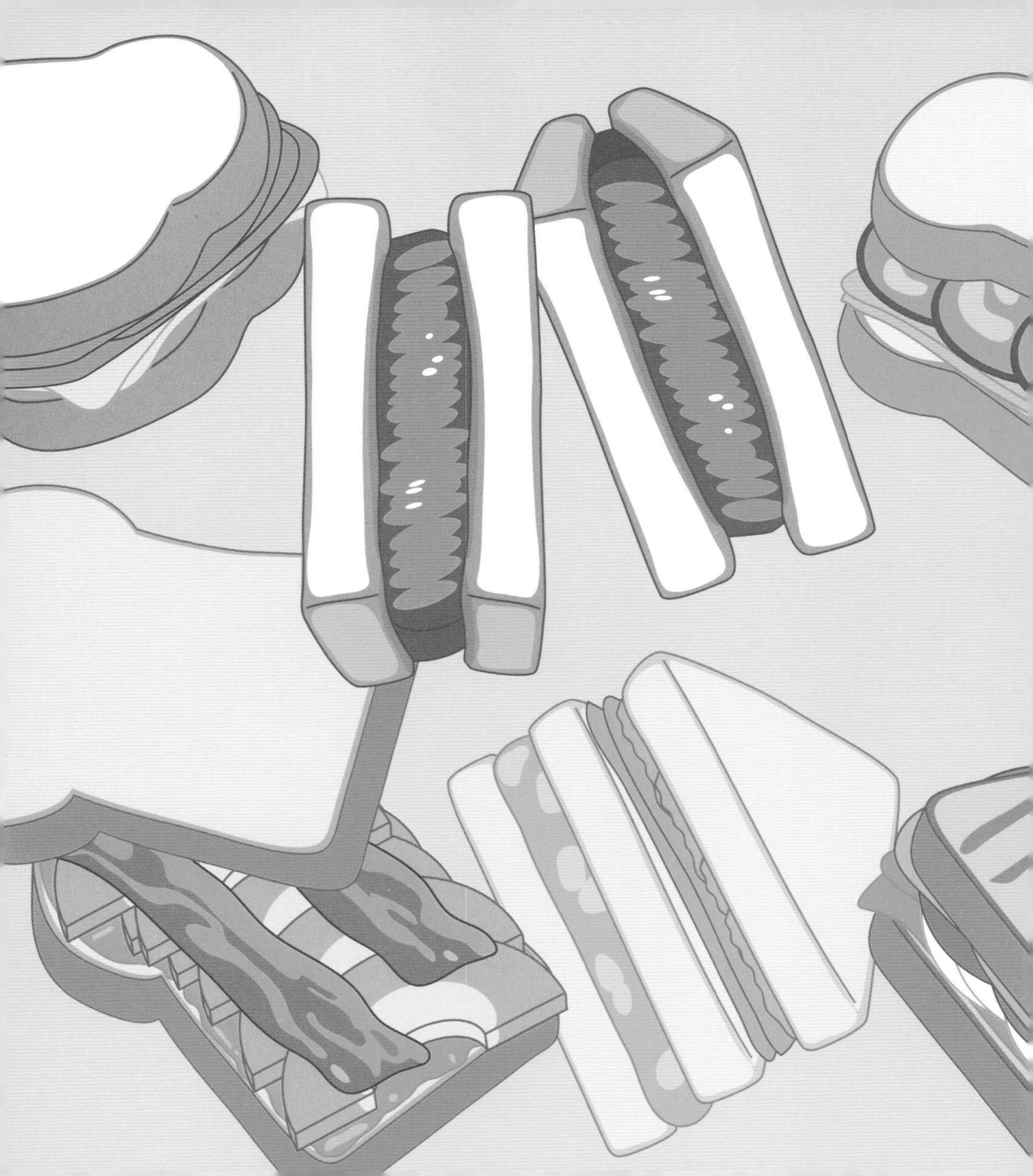

앗, 벌써 점심시간이네요.
서로의 도시락을 훔쳐보며
비교하는 재미도 쏠쏠합니다.

식사는 조용히.
시끄러운 건 싫습니다.

식빵이 다 구워질 때까지는 휴식시간입니다.
어떤 고양이는 가벼운 산책을 나갑니다.

어떤 고양이는 휴게실에서 티타임을 가지며
유기농 캣닙 정보를 공유하죠.
소통이 단절된 현대 사회라고 하지만,
고양이들의 사회적 교류는 여전히 활발합니다.

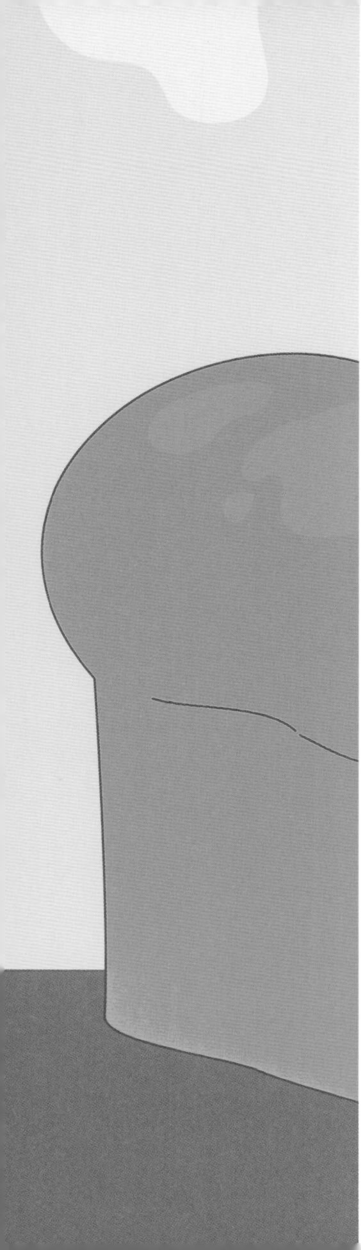

드디어 식빵이 따끈하게 구워졌어요!

따끈따끈!
갓 나온 아기 고양이에게서
맛있는 빵 냄새가 납니다.
당연한 이야기이지만요.

컨베이어 벨트 위의 식빵들 중에서
아기 고양이를 찾아내 분류하는 것도
중요한 업무입니다.
빵 봉지는 갑갑할 테니까요.

고양이 학자들의 분석에 따르면,
식빵과 아기 고양이 모두
따끈따끈하고 말랑말랑하다는
공통점이 있어서
이런 현상이 생긴다는군요.

행복한 퇴근길입니다.
갓 구운 식빵 한 덩이,
그리고 아기 식빵 고양이까지
함께이니까요.

아기 고양이들은 모두 잠들었습니다.
고로롱 코 고는 소리만 간간이 들립니다.
이처럼 조용하고 고독한 시간이 좋습니다.
내일은 휴일이니 골목 산책을 나가야겠습니다.

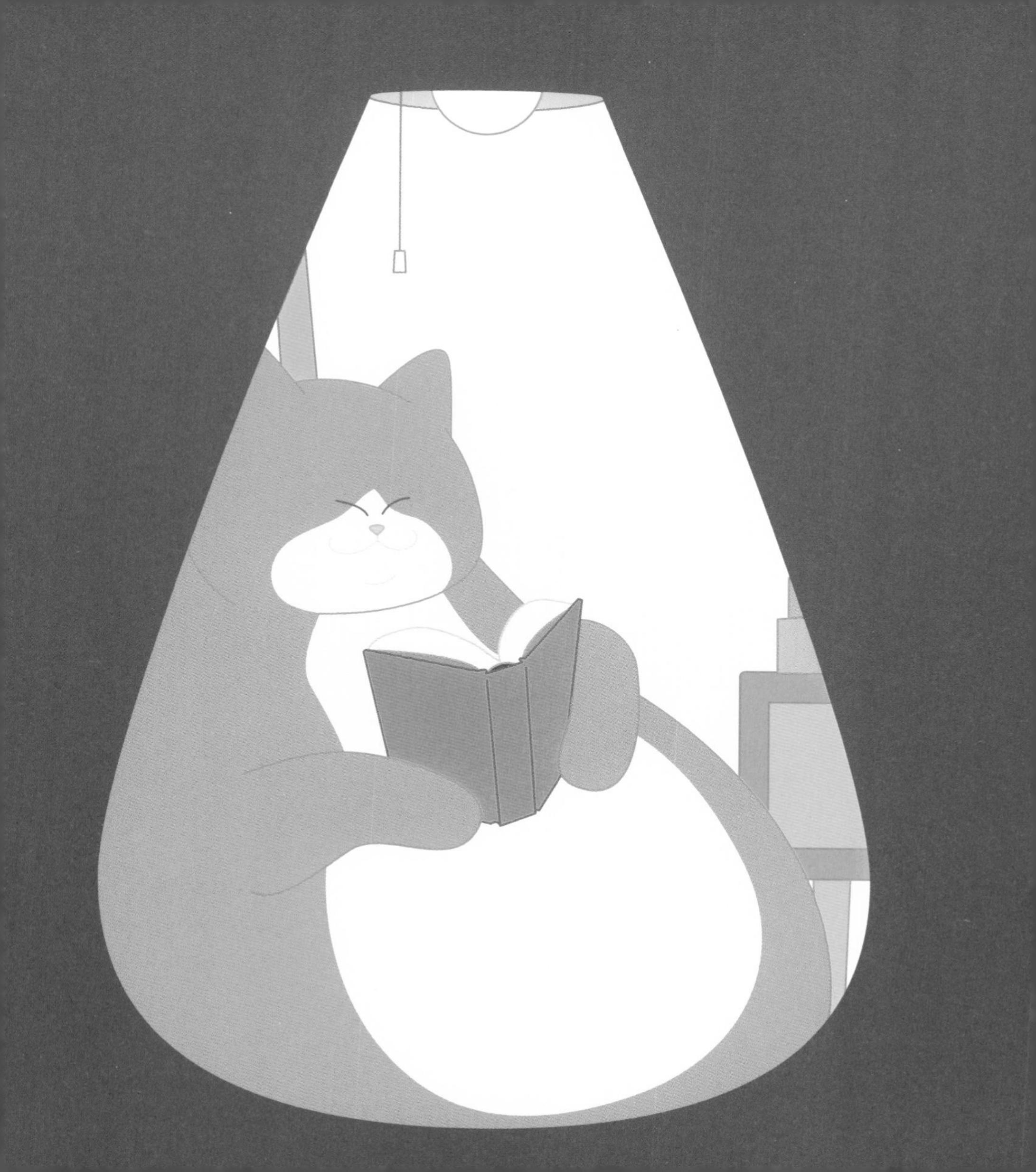

식빵 공장에서 나온 고양이들이
골목 곳곳에서 느긋하게 쉬거나 낮잠을 자고 있겠지요.
맛있는 식빵 냄새도 맡을 수 있을 겁니다.
아기 식빵 고양이를 만나게 된다면요.

고양이
티타임

교양 있는 현대 고양이라면
모름지기 차와 티푸드를 즐기기 마련입니다.

극히 드물긴 하지만 고양이 티타임에
인간이 초대되기도 합니다.
당신이 아주아주 운이 좋은 사람이라면
평생에 한 번은 초대를 받을 수 있을 겁니다.

처음으로 초대받은 인간은
18세기 영국의 배드포드 공작부인
애나 마리아 씨로 알려져 있습니다.

그녀는 고양이 티타임에 다녀온 후
고양이들이 대접해준 차와 티푸드를 똑같이
만들어 친구들에게 대접했습니다.
이것이 애프터눈 티의 시초가 되었습니다.

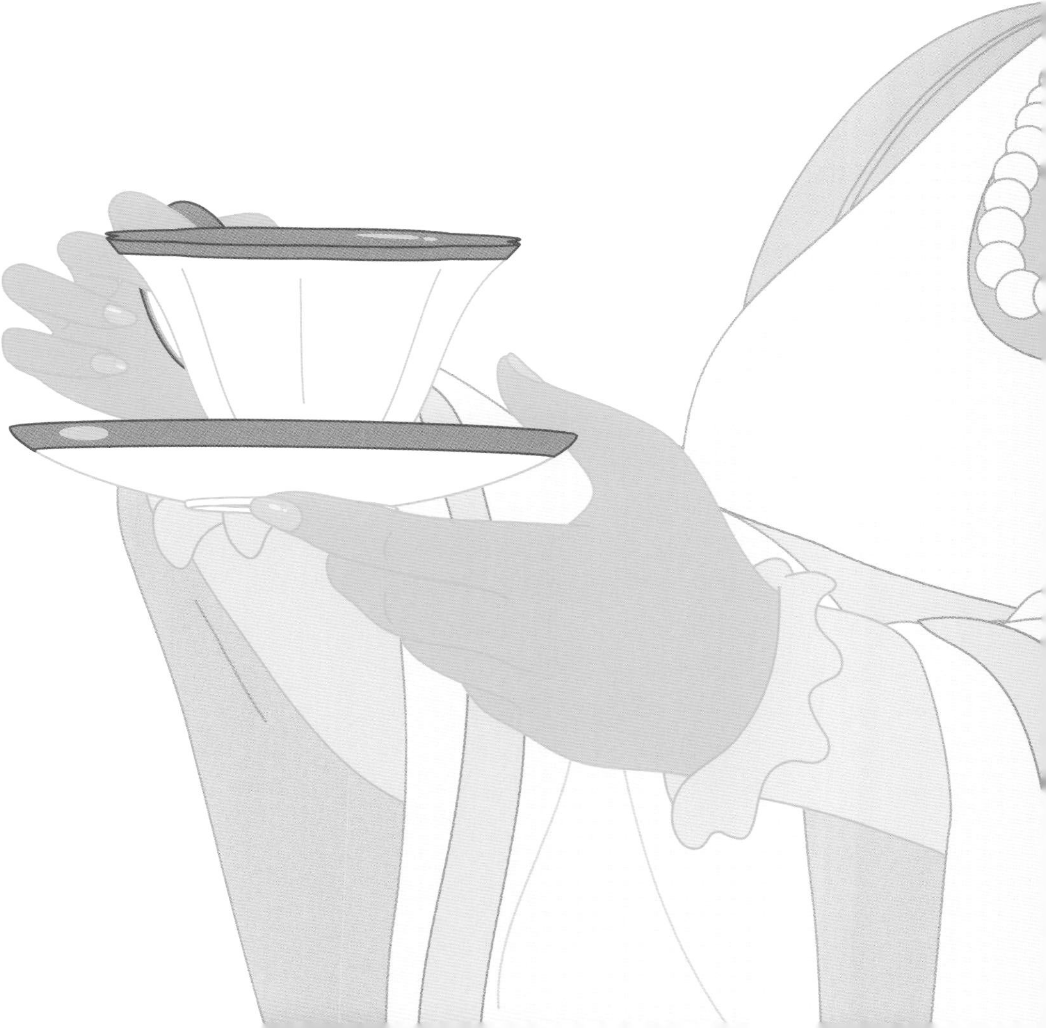

고양이들은 티 트레이를 즐길 때도
엄격한 순서를 지켰다고 합니다.
티 트레이 맨 아래에는 샌드위치가 들어갑니다.
오이, 햄치즈, 달걀 등 세 종류의 샌드위치만
놓을 수 있습니다.

가운데에는 부드러운 스콘이,
맨 위에는 마카롱, 케이크, 초콜릿 등
단맛이 나는 디저트가 올라갑니다.
티 트레이는 아래부터 먹기 시작해 디저트로
마무리합니다.
오늘날 영국인들이 먹는 방법과도 같지요.

이 티 트레이에 착안해 캣타워가 발명되었다는
이야기가 있지만 그 진위는 알 수 없습니다.

요즘은 티 트레이에 샌드위치며 스콘, 초콜릿은 물론
영국 여왕이 즐겨 먹었다는 빅토리아 샌드위치 케이크도 올립니다.
케이크 시트 사이에 크림과 딸기잼을 넣은
새콤하고 폭신한 케이크입니다.
부드러운 스콘은 필수입니다.
스콘 옆에는 딸기잼과 클로티드 크림도 있습니다.
츄르 마카롱, 캣닙 케이크 등
고양이들이 사랑하는 티푸드도 함께입니다.

티타임에 온 고양이들은
오이 샌드위치부터 찾습니다.
향이 독특한 만큼 아무나 다룰 수 없는 채소이지요.
오이를 다룰 줄 아는 용감한 고양이만이
오이 샌드위치를 만들 수 있습니다.
샌드위치는 트레이에 올리기 전 작게 자릅니다.

츄르가 들어간 마카롱이나 캣닙 케이크는
요즘 고양이들이 즐기는 비교적 세련된
디저트입니다.
예전에는 티 트레이를 비운 후
캣닙 리큐어를 한 잔 마시며
티타임의 여흥을 즐겼다는군요.

티타임이 항상 평화롭지만은 않습니다.
가끔 레몬차를 들고 오는 뚱냥이들이 있거든요.
물론 마실 수도 있지만, 권장하지는 않습니다.
시트러스 계열의 차는 아무래도 티타임과 어울리지 않는달까요.
품위 있는 고양이들이라 대놓고 탓하지 않겠지만
다음 티타임에 불러주지는 않겠지요.

레몬차만 제외하면
어떤 종류의 차든 자유롭게 고를 수 있습니다.
캣닙차나 개다래차까지 다양한 향과 맛을 즐길 수 있지요.

캣닙이나 서양쥐오줌풀 뿌리, 인디언 서양쐐기풀,
분홍괴불나무와 개다래나무 열매와 나무껍질, 여러 꽃 등을
적절히 블렌드해 세상에 하나뿐인 차를 만들기도 합니다.

잘 말린 개다래나무 껍질을 캣닙차에 더하면
향이 더욱 풍성해지죠.

이쯤에서,
고양이 티타임에 관한
몇 가지 에티켓을 전할까 합니다.

혹시 압니까?
늘 마주치던 길고양이가
어느 날 초대장을 전할지요.

티타임은 주로 고양이들의 은신처에서 열립니다.
얼핏 보기에는 평범한 공터 같지만
인간의 눈에는 잘 띄지 않습니다.
애써 티타임 장소를 찾으려 하지 말고
다른 고양이들을 따라가는 것을 추천합니다.

기본 준비물은 찻잔입니다.
혹여라도 머그나 종이컵을 들고 가진 마세요.
특히 종이컵은 영구 퇴출감입니다.
최고급 찻잔까지는 아니더라도
영국산이나 프랑스산 찻잔을 준비하세요.

포트와 뜨거운 물은 필요하지 않습니다.
담당 뚱냥이가 아침부터 준비해두었을 테니까요.

감사의 마음을 표현하고 싶다면 츄르나
간식캔 같은 작은 크기의 선물을 준비해보세요.

고양이들을 흥분시킬 수 있으니
미리 꺼내지는 말고요.

침묵이 어색하다면 서로의 찻잔에 대한
칭찬을 주고받으면 됩니다.

덮어놓고 칭찬하는 것보다
상대가 준비한 찻잔의 개성과 의도를 파악해
적당히 감탄하는 정도가 좋습니다.

차를 따를 때는 먼저 자신의 찻잔을 채우고
다른 찻잔을 채우세요.

4분의 3 정도 채운 후 각설탕이나 우유가
필요한지 물어봅니다.
차를 저을 때는 위아래로 살살 저어줍니다.

잔을 채운 고양이들은 머리에 찻잔을 얹고
온기를 즐깁니다.
섣불리 따라하다가 쏟을 수도 있으니
안전하게 손바닥에 올려두기를 권합니다.

차를 마실 때는 컵 손잡이를
엄지와 검지로
가볍게 잡고 입에 댑니다.
조용히 자기 잔만 마셔도 되고
서로의 잔에 든 것을 맛봐도 좋습니다.

제가 줄 수 있는 조언은 여기까지입니다.
부디, 행운을 빕니다.

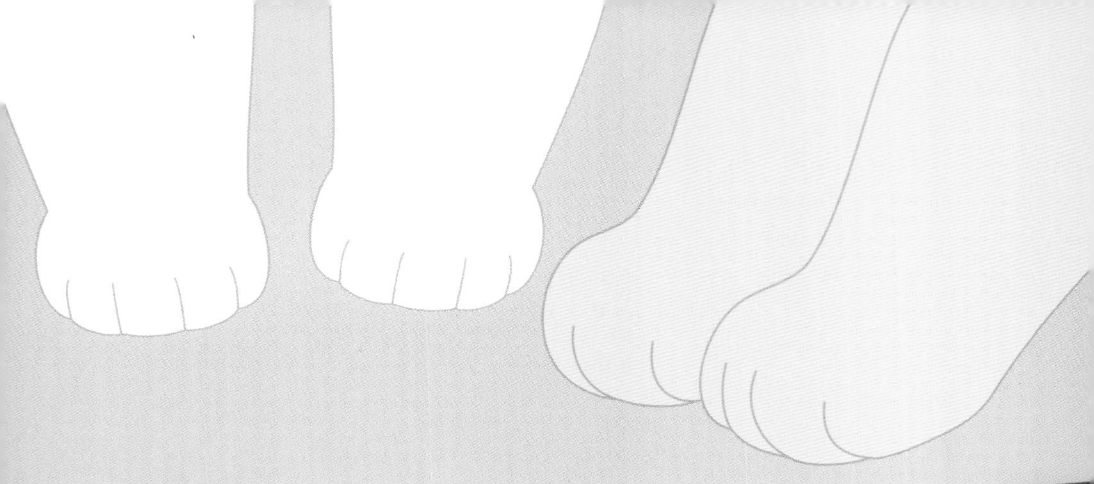

제 추측입니다만
아마도
당신은…

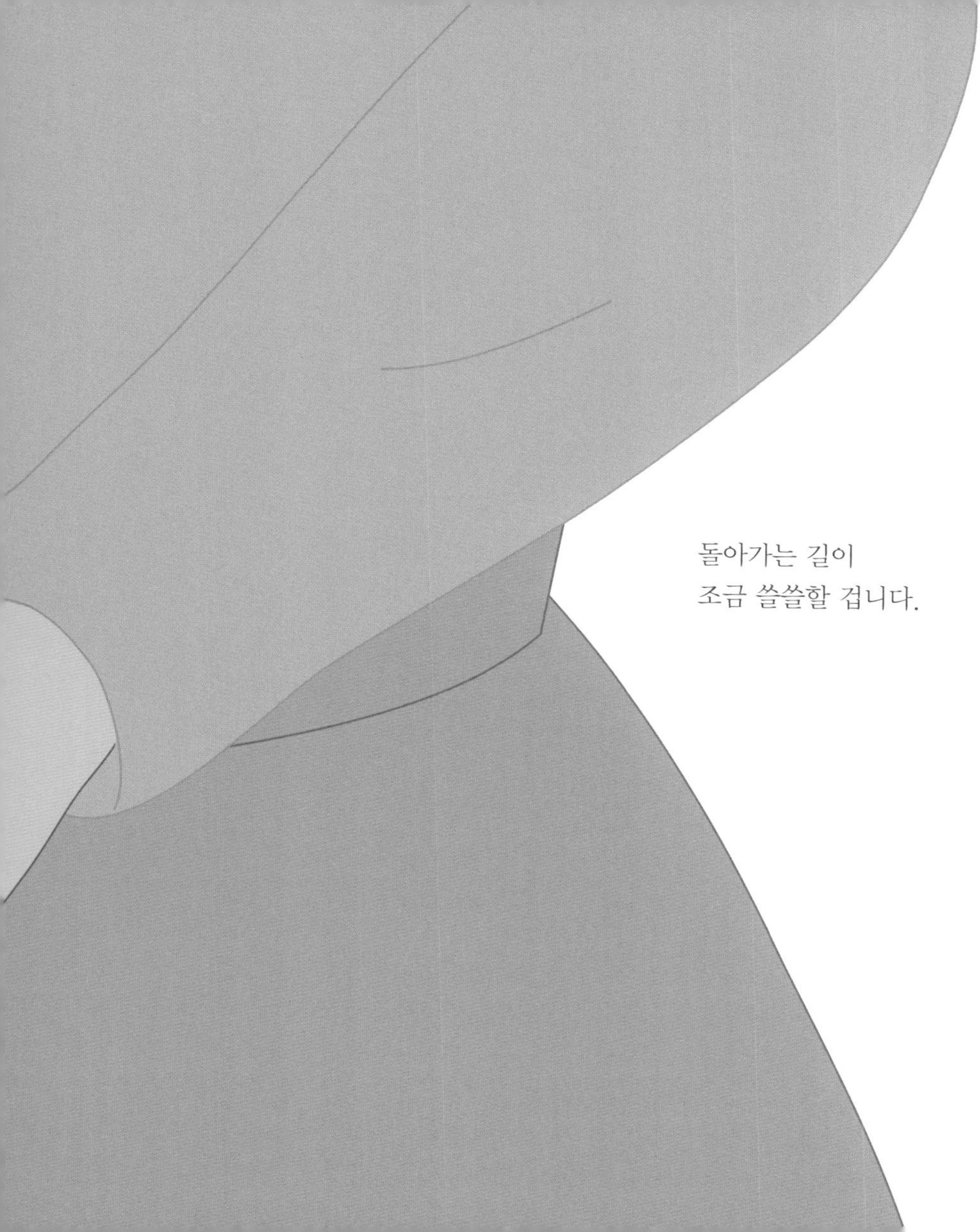

돌아가는 길이
조금 쓸쓸할 겁니다.

인간 세상으로 돌아온 당신은
다시 고단한 일상을 보내겠지요.
티타임에 초대받은 일과
찻잔의 온기마저 꿈처럼 느껴질 겁니다.

그럴 때는 물을 끓이고
고양이 티타임에 가져갔던 찻잔을 꺼내어
한 잔의 차를 만들어보세요.
민트티를 추천합니다.
각설탕도 한 알 넣고요.

그 한 잔의 차가
당신을 위로해줄 겁니다.

식빵 고양이의 비밀

1판 1쇄 발행 2018년 3월 8일 **1판 4쇄 발행** 2021년 9월 10일

글 · 그림 최봉수
펴낸이 고세규
편집 김지선 **디자인** 이경희

발행처 김영사
주소 경기도 파주시 문발로 197(문발동) 우편번호10881
등록 1979년 5월 17일(제406-2003-036호)
구입 문의 전화 031)955-3100 **팩스** 031)955-3111
편집부 전화 02)3668-3295 **팩스** 02)745-4827 **전자우편** literature@gimmyoung.com
비채 카페 cafe.naver.com/vichebooks
트위터 @vichebook **페이스북** www.facebook.com/vichebook
ISBN 978-89-349-8087-2 04810 책값은 뒤표지에 있습니다.

비채는 김영사의 문학 브랜드입니다.

이 도서의 국립중앙도서관 출판시도서목록(CIP)은 서지정보유통지원시스템 홈페이지(http://seoji.nl.go.kr)와 국가자료공동목록시스템(http://www.nl.go.kr/kolisnet)에서 이용하실 수 있습니다. (CIP제어번호: CIP2018005846)